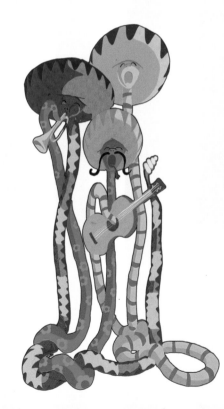

Catalogage avant publication de Bibliothèque et Archives nationales du Québec et Bibliothèque et Archives Canada

Latulippe, Martine, 1971-

    Fêter au Far West

    (Emma et Jacob ; 4)
    Pour enfants de 6 ans et plus.

    ISBN 978-2-89591-292-7

    I. Boulanger, Fabrice. II. Titre. III. Collection : Latulippe, Martine, 1971- . Emma et Jacob ; 4.

PS8573.A781F47 2017   jC843'.54   C2016-941428-0
PS9573.A781F47 2017

Tous droits réservés
Dépôts légaux : 1er trimestre 2017
Bibliothèque nationale du Québec
Bibliothèque nationale du Canada
ISBN : 978-2-89591-292-7

Conception graphique et illustrations : Fabrice Boulanger
Mise en pages : Amélie Côté
Correction et révision : Annie Pronovost

© 2017 Les éditions FouLire inc.
4339, rue des Bécassines
Québec (Québec) G1G 1V5
CANADA
Téléphone : 418 628-4029
Sans frais depuis l'Amérique du Nord : 1 877 628-4029
Télécopie : 418 628-4801
info@foulire.com

Les éditions FouLire reconnaissent l'aide financière du gouvernement du Canada pour leurs activités d'édition.

Elles remercient la Société de développement des entreprises culturelles du Québec (SODEC) pour son aide à l'édition
et à la promotion.

Elles remercient également le Conseil des arts du Canada de l'aide accordée à leur programme
de publication.

Gouvernement du Québec – Programme de crédit d'impôt pour l'édition de livres – gestion SODEC.

Imprimé avec des encres végétales sur
du papier dépourvu d'acide et de chlore
et contenant 10 % de matières recyclées
post-consommation.

MIXTE
Papier
FSC FSC® C023527

Canada

IMPRIMÉ AU CANADA/PRINTED IN CANADA

Emma et Jacob

Fêter au Far West

Écrit par Martine Latulippe

Illustré par Fabrice Boulanger

ÉDITIONS
FouLire

Jacob est prêt bien trop tôt.

L'autobus passe dans une heure seulement.

En attendant, Jacob va visiter grand-papa Jo.

Il habite juste à côté.

Comme d'habitude, sa petite sœur
Emma le suit.

Le chat Biscuit les suit aussi.

C'est une journée spéciale.

Jacob explique pourquoi à
grand-papa.

– À l'école, nous fêtons la Saint-Valentin. Nous devons porter du rouge. Hier, nous avons décoré la classe.

Emma demande à grand-papa :

– Tu la fêtais aussi quand tu étais petit ?

Grand-papa répond :

– Oh oui ! Le 14 février, je mettais
mon plus bel habit de cowboy.

Chaque année, je me rendais au Far West sur un cheval noir.

J'offrais un bouquet
de cactus à une jolie fille
du coin.

On soupait à la chandelle
au saloon.

Le shérif nous récitait
des poèmes.

Après le repas,
avec mon invitée,
je me baladais
dans le désert.

Les serpents
nous sifflaient
des chansons
romantiques.

À la fin de la journée, je remontais sur mon cheval.

Je disais : « À l'an prochain !
Je reviendrai pour la Saint-Valentin ! »

Emma demande doucement :

– C'est vrai, tout ça, grand-papa ?

Grand-papa sourit.

– Non ! J'ai tout inventé. Tu me connais, j'aime bien m'amuser !

Quand j'étais petit, on ne fêtait presque pas la Saint-Valentin, en réalité.

Parfois, le 14 février, ma mère faisait un dessert spécial. Un gâteau en forme de cœur.

Certains amoureux s'offraient
du chocolat ou des fleurs.

Une fois, j'ai dessiné une carte
pour ma voisine.

Je la trouvais si jolie !

Soudain, Jacob sursaute.

– Je dois partir ! L'autobus passe
dans dix minutes !

Très vite, Jacob rentre chez lui.

Bien sûr, Emma le suit.

Le chat Biscuit aussi.

Jacob monte dans le gros autobus jaune, son sac à la main.

Il va fêter la Saint-Valentin.

Par la fenêtre, Emma et Biscuit regardent Jacob s'en aller.

Emma dit à Biscuit :

– Sais-tu ce que nous allons faire, aujourd'hui ?

Je vais dessiner des cartes pour les gens que j'aime.

Pour papa, pour maman, pour Jacob, pour grand-papa.

Et une pour toi aussi, Biscuit!

Biscuit ronronne. Il est content.

Emma prend un crayon. Beaucoup de travail l'attend !

Écrit par Martine Latulippe
Illustré par Fabrice Boulanger

01- Un été sous l'eau

02- À l'école en fusée

03- Noël dans la jungle

04- Fêter au Far West

05- Joyeux anniversaire, Jacob !

Martine Latulippe a aussi écrit aux éditions FouLire :

- La Joyeuse maison hantée - Série Mouk le monstre
- Les aventures de Marie-P
- Émilie-Rose
- L'Alphabet sur mille pattes - Série la Classe de madame Zoé
- Collection Mini Ketto
- La Bande des Quatre

Achevé d'imprimer à Québec,
février 2017.